MISS SUPERSTAR

Roger Hargreaves

AF286002

Rieder Bilderbücher

Miss Superstar lebte im Glitzerhäuschen.

So. Und jetzt verrate ich euch ein Geheimnis.

Ihr dürft es aber auf keinen Fall weitersagen!

Könnt ihr das versprechen?

Ihr ganzes Leben lang hatte sich Miss Superstar gewünscht, berühmt zu sein.

Sie wollte unbedingt berühmt sein, so berühmt, dass alle Leute sie auf der Straße erkennen und um Autogramme bitten würden. Und ihr Foto sollte in allen Zeitungen erscheinen.

Aber sie wusste nicht, wie sie das anstellen sollte.

Wenn sie abends einschlief, war ihr letzter Gedanke, berühmt zu sein. Und wenn sie morgens aufwachte, dachte sie sofort daran und an nichts anderes mehr.

Aber wie wird man berühmt?

Sie hatte nicht die leiseste Ahnung!

Das Glitzerhäuschen lag ein wenig außerhalb von Winzelswill. Das ist eine kleine Stadt, ziemlich weit weg von hier.

Eines Morgens ging Miss Superstar in Winzelswill einkaufen.

„Hallo, Miss Superstar", riefen ihr die Leute zu, wie sie so die Straße hinunterging.

Sie war sehr beliebt.

Aber berühmt war sie nicht.

Und genau das wollte sie sein!

Aber genau an diesem Morgen hatte Miss Superstar eine Idee.

Und nicht einfach irgendeine Idee!

Nein, viel besser!

Die beste Idee aller Zeiten!

Sie ging an den Schaufenstern in Winzelswill vorbei und plötzlich blieb ihr Blick an etwas hängen.

Sie blieb stehen und starrte in das Schaufenster.

Da lag etwas, das ihr Ruhm und Reichtum einbringen würde.

Wollt ihr wissen, was das war?

Ich sage es euch später.

Sie machte vor Freude einen Luftsprung und schlang voller Begeisterung die Arme um sich selbst.

Und dann sauste sie zurück zum Glitzerhäuschen, so schnell ihre kurzen Beine sie trugen.

Sie würde berühmt werden!

Sie wusste es!

Geschwind lief sie nach oben und packte hastig einen Koffer zusammen.

Dann rannte sie wieder nach unten, schloss die Haustür vom Glitzerhäuschen ab und ging zur Bushaltestelle.

Der Bus kam und sie hüpfte hinein.

„Wohin fahren Sie denn?", fragte der Busfahrer.

„Ich muss nach Winzelshafen-Flugwill", sagte Miss Superstar aufgeregt.

Der Fahrer kratzte sich am Kopf.

„Sie meinen nicht zufällig Winzelswill-Flughafen?", erkundigte er sich.

Miss Superstar wurde ein bisschen rot und bejahte.

Lächelnd überreichte ihr der Fahrer die Fahrkarte.

Am Flughafen kaufte sich Miss Superstar ein Flugticket.

Wohin?

Das sage ich euch später.

Sie war noch nie geflogen. Alles war sehr, sehr aufregend.

„Hallo", sagte eine Stewardess. „Wie lautet Ihr Name, bitte?"

„Miss Superstar!", war die Antwort.

„Und wohin geht es bei Ihnen?", fragte die Stewardess.

„Bei mir", erwiderte Miss Superstar, „geht es direkt in den Weltruhm!"

„Ah", machte die Stewardess.

Nachdem sie gelandet war, holte Miss Superstar ihren Koffer und stieg in ein Taxi.

Wohin?

Das will ich euch jetzt sagen!

Zu einem ganz bestimmten Haus!

Der Taxifahrer setzte sie genau vor diesem Haus ab.

Sie klopfte an die Tür.

Sie hörte von innen Schritte näherkommen und die Tür öffnete sich.

Vor ihr stand ein großer Mann.

„Hallo", sagte er schmunzelnd. „Wer bist denn du?"

„Ich bin Miss Superstar und ich will berühmt werden!", antwortete sie wie aus der Pistole geschossen.

„Soso, das willst du! Ich verstehe!", sagte der Mann und lächelte.

„Dann komm mal herein. Vielleicht kann ich dir ja ein wenig helfen!"

Drei Wochen später war Miss Superstar wieder zu Hause im Glitzerhäuschen und konnte vor Aufregung nicht einschlafen.

„Morgen ist der große Tag", sagte sie zu sich selbst.

„Morgen werde ich berühmt!"

Und als sie schließlich eingeschlafen war, lag ein seliges Lächeln auf ihrem Gesicht.

Die frühe Morgensonne strömte durch das Fenster und Miss Superstar erwachte.

Sofort sprang sie aus dem Bett.

Sie war viel zu aufgeregt, um an ein Frühstück auch nur zu denken.

Sie rannte los nach Winzelswill.

Zu einem ganz bestimmten Schaufenster.

Zu welchem?

Das sage ich euch später!

Das Schaufenster war noch mit einem Vorhang verhängt und sie musste ein wenig warten.

Sie wartete.

Und wartete noch ein bisschen länger.

Aber dann, pünktlich um neun Uhr, wurde der Vorhang hochgezogen und da, im Schaufenster – oh was für ein Glück!

Sie machte vor Freude einen Luftsprung.

„Ich bin berühmt!", jubelte sie.

Und wisst ihr, was da lag und das Schaufenster komplett ausfüllte?

Ich sage es euch!

Hunderte von Büchern!

Und auf jeder Titelseite war sie drauf!

Und da!

Oben auf jedem Buch!

Da stand in großen, stolzen Buchstaben:

„MISS SUPERSTAR"

„Unfassbar!", stöhnte sie.

Und da, unter der Schrift!

In Farbe!

Das war ihr Bild!

„Unfassbar!", stöhnte sie noch mal.

Und im Inneren des Buches stand ihre Geschichte!

MISS SUPERSTAR

Roger Hargreaves

Und das Tollste:

Dass ihr jetzt, gerade in diesem Moment, …

… diese Geschichte lest!